当代诗人自选诗

秋天的庭院

王晓明——著

中国书籍出版社
China Book Press

图书在版编目（CIP）数据

秋天的庭院 / 王晓明著 . — 北京：中国书籍出版
社，2019.4

ISBN 978-7-5068-7285-0

Ⅰ.①秋… Ⅱ.①王… Ⅲ.①诗集－中国－当代
Ⅳ.①I227

中国版本图书馆 CIP 数据核字（2019）第 080194 号

秋天的庭院

王晓明　著

图书策划	成晓春　崔付建	
责任编辑	成晓春	
责任印制	孙马飞　马　芝	
出版发行	中国书籍出版社	
地　　址	北京市丰台区三路居路 97 号（邮编：100073）	
电　　话	（010）52257143（总编室）（010）52257140（发行部）	
电子邮箱	eo@chinabp.com.cn	
经　　销	全国新华书店	
印　　刷	三河市华东印刷有限公司	
开　　本	880 毫米 × 1230 毫米　1/32	
字　　数	75 千字	
印　　张	6	
版　　次	2019 年 6 月第 1 版　　2020 年 9 月第 2 次印刷	
书　　号	ISBN 978-7-5068-7285-0	
定　　价	38.00 元	

目录 / Contents

早 晨

窗外的鸟儿在鸣叫了
它们告诉我
新的一天开始了
看着阳光
慢慢地照亮我的房间
黑暗的退去
让无数的伪装变得清晰
让我的头脑更加清醒

窗帘不能阻挡光明的到来
落了叶的枝头
欢乐的鸟儿无视我的存在
它们欢叫着、跳跃着
它们的羽翼闪着光芒
它们，以轻灵的飞翔
带我直上云天

2018/11/26

与王沐川在图书馆

秋阳下图书馆的水榭处
有许多大人、小孩在看书
王沐川也在看书
这是他刚借的两本书——
一本叫《托马斯登场了》
一本叫《赛车总动员》
他认真地翻阅着
叫他回家吃饭都不走
而我在一旁，懒洋洋的
太阳也懒洋洋的
四面那些围桌看书的人
安静得像一幅画
王沐川与他们都在画内
我在画外

2018/10/20

在常熟的老街巷

遗留下来的老街巷
是这个城市唯一的底气
那些河道
还带着千年的水声
毁灭后可以重生
但营养不良
会产生许多怪胎
从南泾堂到山塘泾岸
眼前的风景把我带向远方
从前大户人家与平民百姓的分界
在于房多房少
那些公寓房里住着的人
一生就是为了一个庇所
包围老街、楔入老街的那些华屋
其实很丑陋
而斑驳的老屋、幽深的庭院

却一直闪着光华
往老街深处走
如果我的脚步能卷起一点暖意
我就找对了这个城市粗壮的血管
我就会面对那些零乱的
只能叫楼的房子说
幸好还有山塘泾岸、南泾堂它们在
幸好唐代开凿的琴川河还在向东流

2018/10/14

泥仓溇

农田退去了
泥仓溇成为一个公园
草坪和水泥的道路
现代木桥与钢结构的房屋
田野冒烟了
它们在等待城里人
等待本乡人和外乡人

沉默的河道与静泊的竹筏
秋光里沉默的杀手
那些远行的人们
并没有把它当作港湾
唯有那些稻穗
正弯着腰闪着金光

2018/10/10

中 秋

月圆的时候
天底下无数满月的人
都在开心地看着月亮

父母去世后
我的月亮就缺了
只能低头看自己的影子

2018/9/25

在瓯江

我终于见到一条江在向前
但它的风景不属于我
它的两岸
远山与步道伸向远方
远方有什么
我无法预知
但我并不想知道
我只是登上江边的这座楼
在它伸向江中的露台上
把江水看得更清楚一些
夜色浓时
一切藏在梦里
我的梦一直在晃动
那道厚厚的窗帘
挡住了所有的光线

但我却努力想透过缝隙
去看星空

2018/9/14

一片落叶

美丽的形式
并不需要刻意
就像这落叶
它的睡姿
带着十万的梦想
安详又美丽

我们习惯于太多的风景
往往忽略落叶
对它的孤寂
熟视无睹
而我却被它悄悄的美丽
感动了

2018/9/10

尚　湖

尚湖的梦在城市深处
星星在与不在
并不重要
湖有更多的眼睛
湖畔有更多的鸟声

冬天有很多的雪
想把湖覆盖
但雪始终被湖拥抱着
尚湖让所有的风景
变成春天的一缕清风

2018/9/3

爱一座城不需要理由

奔腾不息的长江
到了常熟
就成了一位安详的母亲
五千五百年前
她最早的子孙
在这里燃起了文明的火种
于是
江南大地上
就有了狂野和婉约
就有了一个城市的风景线

日出和日落
明月和星辰
当历史文化的火焰
映红了这片天空
岁岁丰收常熟田的歌声

就是幸福的骄傲
每当我穿行在它的大街、小巷
城市的气息就像熟透了的稻穗
每一条河、每一个湖泊
它们的清澈与明亮
都会带给我甜蜜的梦香
爱一座城不需要理由
就像我们爱自己的母亲

2018/8/31

关于爱情

十分遥远陈旧的话题
像一个蓬头垢脸的人
在七夕这天洗了一个澡

今天
本该是风和日丽的日子
却突然被一个叫温比亚的台风
搅了

许多美丽的故事无法实现
情人们的鲜花落了一地

今夜，我们一群老男人
坐在太仓的一个小酒馆
喝酒谈爱情
心底的故事却都秘不示人

窗外，风停了雨停了夜色深沉
但我们已把七夕抛在身后
只呼着老兄老弟干杯

2018/8/17

致七夕

像爱那样来了又去
甚至，背影模糊

那是商家的一次营销
所有的，与情无关

少年人年轻人
把七夕当作了一次机会

而我都忘记了这个名字
情太短太苦太悲伤

明天是七夕
我将应邀参加两场诗会

我是一个旁观者
听诗人们歌唱爱情

2018/8/16

理　发

从前的一头浓发
已永别
潇洒的年轮在绿荫深处
年纪越长越大
头发越理越短
或许
这本来是一个渊薮
秋天了
应该是一身轻松的时候
满头的烦恼丝
必定是越长越少

2018/8/7

有荷的日子

爱上荷花
就把荷塘移到了院内
每年的花季
都是笑容

点亮生命
只需一次花开
有些美好的事情
就像叶上的露珠

今晚，雨一直在下着
我听着雨声
看田田荷叶
许多珠子在纷纷落下

2018/8/3

一部关于荷塘的历史

总是藏着一串密码
并不时地从指间弹出
世界有再多的变化
夏天的荷花
依然灿烂
它们的花瓣
一直没有落下

长大的树
已经浓荫如盖
归来的鸿雁
都安详地栖息在枝头
一部关于荷塘的历史
翻动的书页
清风徐来

2018/8/3

尚湖边的夏天

这个夏天
热得到处在冒烟
我来到了尚湖边
看江南的水涌向远方

此刻
台风和暴雨刚过
屏障似的虞山
被雾笼罩着
尚湖像一面镜子
收纳着一切真实和虚妄

山水皆有秩序
一座虞山
遮挡不住我们的眼睛

2018/7/28

台 风

台风来了
天气预报说
名字叫玛丽亚的台风来了
它的威力不可小觑
台风是按着年度的时序来的
我们习惯了和风细雨
习惯了温情的天气
在这闷热的夏天
台风除了灾害
还可以缓解我们紧张的情绪
让我们安静地等待吧
有时，我们需要台风的敲打

2018/7/10

在沱江边

早晨的宁静
还原了古镇的本来面目
昨晚的灯火如梦
所有的都隔帘相看

记得是第六次来
却每一次都在遗失
沱江
只记录了华丽的衣裳

我一直想到长眠在这里的大师
沈从文
"照我思索，能理解我
照我思索，可认识人"

坐在沱江边

听着江水的诉说
那些可怜的吊脚楼
不堪重负

2018/7/9

狗

陪伴了我们九年的狗
死了两年多了
我还一直在想它
就像想一个老友
甚至亲人
我们坚持不再养狗
因为，狗与我们的关系
已经不是狗和人的关系
我们怕再失去
没有了狗
院子很安静
安静得让人孤独、慵懒

最近，我突然发现
在写字楼的停车场上
有一条流浪狗

瘦弱、邋遢
我想去爱抚它
它却警惕地看着我
躲得远远的
好几次，我从家里带了食物去给它
它却不闻，也不吃
严重缺乏营养的身躯
消失在树丛里
唉，它竟把我们当成了敌人

2018/7/5

燕　子

报道说，燕子越来越少了
城市的空间和毒农药
把它们留在我儿时的记忆
是的，我不知多少年没看到燕子了
难怪春天缺少了什么

前年，在景德镇
我见到一只春燕垂柳的杯子
就毫不犹豫地买下了
这样，每当我想燕子时
就用它喝茶

2018/7/5

夜宿乌江

一

住在思南宾馆的
十六层楼上
窗下
就是灿烂的乌江
山城两岸
大片的灯火燃烧着
跳跃的火苗
映红了大山的眼睛

山城渴望着繁华
它要把千年的黑暗
抛在身后
高耸的楼阁和万盏灯火

是这个黔东南边远城市
最自豪的星球语言
光明的珍贵
乌江知道

二

夜深时
乌江两岸热闹的灯火
渐次熄灭
山城紧靠着大山睡了
我听到了它的鼾声
乌江的沉寂有原始的梦香
那些满山的繁星
是城市的眼睛
它们闪烁着
把心事交给我们

2018/6/29

旧山楼

夏天的浓荫
是边上的那丛绿芭蕉
宁静的午后
我们在这里喝茶聊天谈往事

你说有三十年的普洱
七百年的滇红
其实，还有园中那棵枝繁叶茂
四百年的红豆树

藏书楼旧山楼
也是一颗相思红豆
它所有的故事
都带着我们无尽的相思
几百年的书香、几百年的云烟
几代人的搜寻、几代人的收藏

壮观的风景
照亮了江南的山色

如今，旧山楼在这所叫报慈小学的校园里
重生
我们在一片知了声里
看旧址上长高的楼

2018/6/17

在漓江的船上

一条江的风景

可以无限地想象

江水和山色

从三十年前而来

我的视线

非常明澈

我在船舱里喝酒

在船顶上看风景

下了一天的大雨

风景都变幻莫测了

这半生

我坐过无数的船

都是踏上船舷就知道它的航线

也知道下一站

2018/6/12

初夏三章

通江路

夜色中
寂静的通江路
金光洒落一地
它们编织的花环
戴在你的身上

琴川河的琴弦
正细数着今夜的故事
河水静静地流淌着
两岸的粉墙
落满了诗行……

合欢树

一条街的清香
都来自那排高大的
合欢树
这是多么美好的名字啊
它的暖意
温暖着夜色

那些蒲公英般的花朵
闪着星光
我用力地拉动着树枝
让鲜花落满你的周围
你快乐了起来
你的笑声照亮了夜空

在酒吧

像安静的村居
我们坐着
一杯酒的时光
落在年轮深处
加冰是稀释酒的浓度

或者是增加口感

在街头
你大声的一句话
惊动了路人
他们闪光的回眸
就像我们的碰杯
初夏就晃动在酒里了

2018/6/7

玫瑰园

花园里的玫瑰谢了
但还有一朵
开在不起眼的地方
雨中的杨柳
划出了许多弧线
河水隐藏在绿荫深处

花朵上的那些雨珠
并没有告诉我整个夏天
但我知道
这一朵玫瑰
不是最后的艳丽
她的风景照亮过整个花园

2018/5/26

小　满

知道小满的含义
想骑一匹快马
已是绿满了江南

从今天开始
时光渐行渐长
田野也渐次丰满

站在时光里
我翻动着日历
窗外，雨开始越下越大

2018/5/21

母亲节致母亲

母亲
其实我有好多话要与你说
比如青春，比如生命
还有生活中的点滴
其实，我们应该有很多时间
与你和父亲相聚
但是
我们总是觉得很忙
直到你和父亲相继倒下
直到你们永远离开
我们才知道
哪怕是短暂地相聚
也是多么美好

母亲
自从你和父亲走后

阳台上那棵你用桃核种的树
竟也死了
连同那些你种的小花小草
还有香葱蒜苗
曾记得每年桃花开时
阳台的春光会照亮我家
好几次，你对我说
什么时候把这棵桃树
搬到你的院子里吧
可是，我一直没有时间去搬
最终，时间落在了尘埃里
最终，所有的春天都黯淡了

2018/5/13

杏花村

汾河
把一个村变成了一座城
所有的酒曲
来自三月

盛开的杏花
是每个人的香梦
放牛的孩子不在
他的牧鞭成了杏花林

山西的朋友
带我们看一路风景
听他们讲山西的故事
展三晋的歌喉

汾酒是一个药引

它点燃热情
点燃友情
置一壶酒四季如春

2018/5/12

大槐树

我们的祖先
是从这里走出来的
三槐堂的故事
一直延续着

大槐树是一个魂
它坚守着一种品格
我们飞翔的身影
都栖息在它的枝头

2018/5/12

病　体

健康的身体疏于管理
身上就长满了脓包
于是
悲惨的事情就会接踵而来

人们的赞美
是蒙骗自己的花环
一袭华丽的衣裳
怎能掩盖了病体

脓包真的破了，也好
纵然有许多假药当道
但总会有一帖是华佗的

2018/5/7

写给五一劳动节

这个给我们带来八小时工作制的
洋节
是美国人、德国人带给我们的
它是全世界无产者的
共同节日
它的历史性
是世界史的精彩部分
那些震撼的章节
牵动过近百个国家的神经
如今
我们赋予它的含义十分简洁——
小长假
我们习惯了这样的休闲
在这春夏的交叉季
休息，度假，出行
甚至

在暖洋洋的天气里睡去
五一节休息三天期满了
然后上班
然后等待明年的这个节日
然后再休息，度假，出行……

2018/5/2

三月三

湖水的金光从天上来
春风一吹
涟漪到了对岸

一切都是安静的
那些岸边的新苇
在春风里点头

湖畔斑驳的树影
是一张飘扬的网
最美的春天拍打着湖岸

2018/4/20

小山台

它是虞山的一个风景
但它并不张扬
春风沉醉的时候
落满了星光
我寻找着记忆
寻找着它的狂野与深邃
但它像一口井
留在不经意间

2018/4/20

在西施故里

苎萝山不大
它是浣纱溪的一个头簪
走过的西施与她的姐妹们
从来没有把自己当成风景
吴国因你亡后
吴人没有恨你
反而
一直把你供养
吴国也罢
越国也罢
从来美人爱英雄
英雄也爱美人

2018/3/31

诸 暨

认识了白天和夜晚的浣纱溪
知道西施不在
郑旦也不在
美女是一帖药
病人最知道它的用处
而生在同一个枫桥镇上的
王冕、杨维桢、陈洪绶
都是医生
他们一直在开着方子
并不时地交流
美女养着我们的眼睛
医生治疗我们的病根
诸暨人
一手拉着美女走出山村
一手挽着医生到处治病

2018/3/31

洛 阳

一

这个城市
牡丹不在时
竟不知让人从何说起
这个曾经是九个朝代的古都
有那么多有趣的人
与我们神会
那些跳跃的生命
都是播下的种子
风一吹
就会发芽

二

怕灼伤我的眼睛
我来时，你睡着
春风告诉我
所谓国色天香
不见也罢
有时
未曾谋面的美丽
更让人牵挂

2018/3/14

元宵节

一

阴沉的天气
不会拒绝暖意
今年的元宵
非同寻常

白天或者夜晚
路上的行人很少
我的行走
会卷起春风

春天与元夜不再捉着迷藏
没有鱼龙舞的时候
时间已经把钥匙
交给了我们

二

没有爆竹、没有灯会的
元宵夜
整个城市安静得只想睡去
所以
连月亮都懒得出来笑了
幸好
我们还有春天
春天是阻止不了的
它总是藐视人类的可笑
面对这阴沉的夜色
我们也只想去睡了
至少
梦里有千年的诗在
那些元宵的欢歌
会挑开我们的愁绪
会让我们看到
夜晚的礼花和月光同在

2018/3/2

红月亮

红月亮是日全食的现象
它的壮观就像母亲的分娩
苍天把一次相隔一百五十二年的
盛宴
交给了我们
可是
我却睡着了

2018/2/3

母亲做的鞋

天冷了
取出母亲给我做的鞋
我又想起了母亲

这双厚厚的棉鞋
如母亲般素朴
它带给我的温暖
可以抵挡三九严寒

母亲，你走了快一年了
我时常想你
一个平凡的人也是一座山

2018/1/29

一场没有降临的雪

这吓人的天气预报
并没有让一场雪降临
天空明亮
枝头鸟鸣
一切带着阳光的问候

都说过了今天的腊八
就是新年了
那云端高处的雪
或许以它的精神
在选择方向

2018/1/24

外婆家的榆树

外婆家的老屋前

有一棵很大的榆树

小时候

我常爬上去玩

它粗壮的枝干

伸向天空

老屋因此而沉静于它的绿荫

后来

小娘舅为补贴家用

把树锯了

在它的位置造了房子

租给了外乡人

钱增加了

但绿荫没有了

2018/1/18

初 雪

在江南很少见到雪了
2018年的初雪
昨夜不期而至
早上，看到地上都是雪
微信的朋友圈
顿时热闹了起来
我们不是热爱雪
而是稀罕它的难得一见
这在原本四季分明的江南
是不应该的啊

二三十年前
江南也是雪的故乡
举目四望沃野千里
厚厚的雪漫到了天边
现在

城市大了工厂多了

房子高了田野少了

雪也不见了

没有了雪

我们若有所失

就像经常见面的老友

去了海角天涯

2018/1/4

飞 瀑

这浩荡的气势

是山神的合奏

它们的回响

不在我的躯壳

天空放光

树木葱茏

野花和小草

容光焕发

瀑布闪着金光

它的歌声是大地盛开的田园

岩层演化了亿万年

高耸入云

我们面对瀑布

已不知道自己是谁

2018/1/1

在恩施

2017年的最后两天
我们来到了鄂西
这个叫恩施的地方
是以大山的雄性荷尔蒙出名的
它也是以清江的妩媚
名播四方
还记得那首歌吗
龙船调的欢声是牵着我们的红线

恩施，你好
你的绝壁、栈道、深谷、云海
以及云梯般的石级
都是我的锻造
站在山巅
看野花开在路边
崖柏生在崖上

飞临的瀑布从我的脚下
跌落到清江的水源

恩施，你好
恩施的土家梅子酒你好
我们从来没有这样痛快地喝着
摔着喝干了酒的碗
这大厅里开心的人们啊
这噼噼啪啪摔碗的声音啊
是我们一年来的释放和豪放

恩施，你好
下着细雨的长街你好
我们微醺的醉意就像你的霓虹
让遥远的故乡与你碰撞
我们要把这甜水酒带回去
把青山绿水土家寨新年的曙光带回去
在2018年细数我们的笑脸

2017/12/31

树上的鸟巢

在我垂钓的身旁
一棵伸向河面的树上有个鸟巢
母鸟来来回回地吐哺
伸长了脖子的小鸟幸福地欢鸣
天地辽阔
鸟飞来飞去忽视了我的存在

我的心在细细的线上
鸟的来去和欢语只是风景
或许
我也成了鸟们的风景了
鱼来与不来
并不重要

2017/12/30

下象棋

街头路灯下
两个人在下象棋
四五个人在看
挺卒走车跳马……
好棋，臭棋
下棋的人在下
看棋的人也在下
一局棋
下得夜色渐浓
下得不觉轻寒
当下棋的一方被将死
看棋的人却还在说着
在走活他输了的那盘棋

2017/12/1

我的八十年代

一棵草的力量

源于空气

源于食物

源于山清水秀

因此

我的生长是健康的

三十多年来

我以无限的抗病能力

行走于世界

一切阳光普照

一切皆归于那个年代的

滋养

2017/11/28

秋　天

太阳暖暖的
时间行走在秋天
秋天就像一个熟透的红苹果
我们只需轻轻地咬一口
就甜到心里了
但时间不能调动
它分割出的岸线
在秋天的身后若隐若现

秋天把一切都袒露了
而我们却并没有和它交心
我们只是藏在秋光里
看它的叶一片片落去
不觉间

冬天到了
秋天的笑颜
渐行渐远

2017/11/18

花果山

再上花果山
已相隔三十年
零星的猴子不时窜出
它们被圈在一个区域
吃着人们给的食物
和猴子的对话
不需要太多的语言

我们看山峦起伏
山下桑田
猴子却看着我们熟视无睹
水帘洞前都是观瀑的人
美猴王早已没有了踪影
我们穿过水帘进入山洞

出口处有一座大庙
佛端坐着
对着我们大笑

2017/10/5

第一封情书

连下了几天的雨
把秋都弄得湿漉漉的
面对三十多年前
我未曾寄达的第一封情书
星光闪烁

雨后的夜晚
到处是秋虫的欢唱
那个曾经让我心跳的女孩
却从未知道我给她写过信
也从未知道这封信
至今还躺在我的抽屉里

多么寂静的夜晚啊
雨水把一切都洗净了
唯有这封湖蓝色的信

和那一枚清晰的邮戳
依然放着光芒

2017/9/27

七 夕

一

废了那么多桥

留与不留

也罢

彩云再美

也匆匆无暇顾及

年年岁岁

没有了桥

可以轻松地隔河相望

二

喝了点酒
看天上月色水中月光
回家后拉上窗帘
听歌、看微信、点赞
一切那么从容不迫

2017/8/28

在湖畔

一

此刻，我坐在湖畔
湖水的金光
照亮了我无数次的来临

二

曾经桃花红了三月
曾经三秋桂子、漫天飘雪
而今却是十里荷花开满天涯

三

还记得每一次的脚印吗
还记得这西子湖畔的坐看云起
啊，一个湖就是我的海洋

2017/7/10

山中听雨

回归山林泡一杯茶
雨声跌进我的深潭

心不在手中的书上了
置身山林
并不想做一个隐者
我只是褪去身上的锈迹

山区的风景不是主要的
关键是我和大地、天空的对话

2017/6/17

六月，在远方

久居一个城市
身体会生锈
贵州以北的这个地方
被喻为中国风景的最后一把匕首
山川、河流和原生态的场景
会一路杀死我们

我们习惯了破坏和修复的轮回
城市的各种场景
最终会麻痹我们
选择旅行
就是选择了一次有氧运动

2017/6/17

夏夜，蟋蟀在房间歌唱

夜色阑珊
宁静的绥阳山区
一片蛙声
蟋蟀在我的房间大声歌唱
它让我拾起了许多梦境
有些
却隔着万水千山
今天
我回归在双河客栈
不需要修复的青山绿水
一只蟋蟀
足以让人觉得地阔天高

2017/6/16

在蒋巷村

蒋巷是一枚绣花针
针尖的跳动光芒万丈

一个人可以照亮一个世界
小的世界、大的世界
其实
朴实的农民常德盛
只是照亮了自己良心的世界

我们向着彩虹奔跑
风吹麦浪
蒋巷的花园
游客的脚步不会凌乱

2017/5/22

乌镇的油菜花

就是大户人家的后院
把我们点燃
春天啊！油菜花和石竹花编织的花环
都戴在我们的心上了
我们从乌镇的小巷中出发
忽略了所有的大街小巷

2017/3/21

母亲最幸福的时光

那一天，我们把母亲从医院
带回了家
昏睡中的母亲突然清醒了起来
快一年了
重症监护室的仪器和寂寞
让母亲失却了人间的温存
回家，或许就是母亲最后也是最好的愿望
她用失明的眼睛
平静地环顾着自己的家
我们兄妹三个家庭的日夜陪伴
让母亲回到了遗失十多年的温暖
自从我们各自飞向新巢
母亲和父亲的孤独日夜滋生
每一个周末是他们的祈盼
母亲把父亲当成树
把我们当成归鸟

树倒下时，母亲竟也跟着倒下了
回家后的母亲
安静得像个孩子
我们握着她的手和她聊天
虽然，她不能言语
但团聚的幸福写在了脸上
四天四夜
母亲在亲情中安详地走了
这该是她一生中最幸福的时光啊

2017/3/12

关于父亲的白话诗

去年三月
本来是春光明媚的季节
可是，因为父母的相继脑梗
而春天不在了

父亲是一个战士
曾经到了鸭绿江的前线
后来停战了
他转业了
做过当时一家很大的兵工厂的厂长秘书
因为想家
就回乡当了民兵营长
然后是大队书记、工厂厂长
衣被天下招商市场的老总
可是，在我的记忆里
他永远是一个兵

家庭是母亲的外婆的

他是村里的单位的

直到退休他才是家庭的主人

虽然

他的退休金不断增加

但最后离开这个世界前

仍然是不多

我一直认为父亲不懂世情

他为人正直不事谄媚的秉性

注定孤寂清贫一生

在我们的生活里

家里的房子

起先是祖父靠着做道士的收入造的

后来是父亲造了三间平房

煤屑砖的墙

竹子做的椽

再后来，拆迁了

才有了属于我和弟弟以及父母的

一幢没有产权的楼房

父母居住在我们共同的财产中

三十多年

在我们的身边

谁都不相信父亲没有钱

他可以给别人以财富
却没有给自己和家庭以保障
这一年来
每当我们看到嘴巴鼻孔插满管子无钱医治的父母时
我们最终顽强地坚持着
因为我们觉得
依然保持着一个战士本色的父亲
和老实巴交的母亲
不应该过早地离开这个虽然没有自己财产的世界

2017/1/20

2017

2017带着翅膀而来
它让过去的那一年
涅槃
它嘲笑那些疯子
以及那些让人憎恶的人
它把笑容舒展在云上

2017，你是全新的
我放出所有的祝福
让它们飞
当启航的船挂上帆
它的速度
会让一切风浪
蛰伏

2017/1/2

1980

一切都是沸腾的
春天贯穿了整个季节
劳动是一种光荣
艰苦是风吹散的雾
我们去书店排队抢购
幸福的意义都写在脸上

1980年是一个标志
它的光芒没有恍惚
纯净的歌声
让梦飞行
我们走在路上
只知道向前向前

2016/8/20

七夕节，我握着母亲的手

所有的情人节

都抵挡不了我握着病重的母亲的手

那一刻

受难的母亲

在生与死的边缘挣扎

今天

诗人们正高唱着爱情

而我却没有激情应和

我只有攥紧母亲的手

默默地对她说

老妈，你可还记得那年花开

还记得最初的心跳

你如今的安康可以抵挡十里花海

2016/8/17

乱了次序的季节

一

鸟声盛开
空气里的青草香
飘荡在城外
野花们
把地都挤破了
记住了太多的春季
但这一个春天
我一直想遗忘

二

春天终于过去
乱了次序的季节
让父亲变得虚弱
让母亲沉睡
盛开的鲜花与我们无关

三

夏天终于到了
住在重症监护室的母亲
重生了
夏天的凉风
成为我们的好朋友
我翻看着小时候母亲抱着我的相片
看见了属于她的夏天

四

昨天
父亲也进了重症监护室
病床就在母亲的边上
这样的巧合
天底下没几个
昏睡中的母亲
激动得直喘
她是担心着父亲啊

十二张病床的重症监护室
像盛开的莲花

2016/7/5

雨还在下

凌晨两点了
你说雨还在下
今年的这个雨季
是带着行囊来了
是来了就不走了
它下在一样的窗外

2016/7/2

在李白墓前

就像一座高山
长在长江边
我绕墓三圈
抬头时看不到你的墓顶
低头时却全看见了自己
我一直在爬山
却一直在山脚下转

2016/5/3

清明过后

清明过了

天空就阴沉下来

昨天的阳光真好

但昨天却要把一切

卷进一场纪念

暂且把自己藏在春天的深处

看阳光变暖

暂且放一条船归山

山里就是桃花人家

我已回到我的江湖

让云彩变成雨

让春天飞过

2016/4/5

惊　蛰

大地的撕裂带着黄昏的血色
清晨变得昏昏欲睡
早已是春江水暖了
今天
注定有一场春雨落满江南
梅花只需一句话
就告诉了整个春天
一声春雷过后
春光就放出了笼子

2016/3/5

虞山以南

这座山正被月光笼罩
天空落下了无数星星
带走了时间的秒针
时间沉默无语
一片空旷的夜色
把春天都打湿了
我是一条畅游的鱼
浑身闪着湖水的光芒

2016/2/27

无　题

无意中的一缕阳光

竟灼痛了你

没有波心的湖水

吸引不了飞鸟

不去怪春风无力

不去怪雨下得太大

今年的春天来得早

一转眼又冷了

北方的冷空气是一匹狼

它让热爱春天的人们不寒而栗

伤害一只孤鸿

是会忏悔一生的

春天

需要一次暴风雨的考核

2016/2/13

早　春

阳光把早春寄达

那些相思似的满天星

落在阳光之上

季节让一朵蒲公英飞扬

土壤肥沃

春花怒放

我无意惊吓一匹小鹿

草原的方向也就是我的方向

2016/2/10

遇见雪

山上的雪不曾化去
阳光落下
雪光四射
我们沿着古老的路翻越
这空旷的树林
只有几粒鸟声一起沉醉

雪在等雪
它们的飞翔是时光的温情
松针、落叶、枯枝遇见雪
就像今天遇见我们
其实
我们是不经意的
走着走着就走进来了
就看到了这些不肯化去的雪

2016/2/3

在姑苏街头

在姑苏街头
我与雪相遇
跳跃的雪
在黑夜的枝头

纷飞的雪肆意飞扬
它们能洞穿黑暗
雪愈下愈大
我一夜未眠
我的梦
镀上了一片纯净的白色

2016/1/20

窗 外

风景的摆设并不刻意
冬天的列车
朝着向阳的地方开
它来自温暖的地心
来自一次涅槃重生

我畅游于窗外
畅游于这列车的光影里
太阳在某一个车厢的门口
播下金光
我与阳光一起沉醉
安静地看着那婴儿般的笑容
盛开

2016/1/18

新　年

一早醒来想起远方
远方就清晰地呈现在眼前
这是新年的开篇
阳光普照
天气真好

我虽然孤独
但是我会对着远方歌唱
远方其实并不遥远
我歌声的方向
就是新年太阳升起的地方

2016/1/3

我的双十一

不知何时
双十一成了一个节日
于是
这个盛大的节日也改变了我们的生活
但这一切都与我无关
我只知道这一天
天空突然变得十分明亮
深秋缤纷多彩

都说网购是要让人剁手的
却不知道真正的宝贝需要相遇
它的所向有生命的轨迹
它用坦诚的语言告诉你关于细节和美丽
哪怕是一次变换
就彻底地改变了云彩

2015/11/12

致沐川

一

儿子幼时的身影还在晃动
你来到了我们身旁
世界特别大
天生的血缘
缩短了我与你的距离
我称你为兄
以后
你也可以呼我为弟
我可以把时间分割
把最黄金的部分给你
前一夜
我第一次和你睡到天明
我看见早晨的阳光照进卧室

世界一片光明

二

天已亮了
你还在沉睡
或许
你是想让我睡个安稳觉
但今夜我却不时醒来
小东西
我爱你胜过爱美女
我愿意为你浪费时光
窗外
鸟声熟了秋色
我拉开窗帘打开门窗
让阳光照在你的屁股蛋上

2015/11/1

桂花开时

桂花的香气

让我处于兴奋状态

白天和夜晚

无法调度

一只明代的凳子

像一条船

它被桂花包围着

静泊是诗远行是诗

2015/10/14

鸡冠花

邻家的一粒种子
在小区的泥地上
有意或者无意地开了
过路的人看见了
或者都没有看见
我开始也没有看见
后来有一天终于看见了

2015/10/12

秋天的庭院

秋雨下下停停

窗外的海棠树挂满了水珠

这个星期天

只有屋檐雨水的声音滴在我的心房

捧着的书

字在乱跳

……

春天的海棠花盛开时

整个院子都是鸟声

秋天

同样挤得水泄不通

2015秋天

父亲的拐杖

二十年前黄山归来
我为父亲带了根拐杖
那时，他才六十岁
这两年
父亲的身体一直不太好
我对他说，走路不稳就用那根拐杖吧
可是，父亲宁愿摇摇晃晃
也不使用
那根黄山产的竹节拐杖
一直放在门背后

最近的一天
我和父母散步
父亲犹豫了片刻
终于提上了拐杖
他步履不稳踉踉跄跄

但有了拐杖

竟快步地走在了我和母亲的前头

望着父亲的背影我想对他说

你们年纪大了应该有一根拐杖

我也是你和母亲的拐杖啊

2015/9/25

在镇远

在镇远水边的美人靠上
我让孤独也靠在上面
两岸的灯火顷刻把我点亮

这个叫天后宫的酒吧
只有我一个人在享受它的歌声
刘德华唱着他的尘埃
尘埃的飘落有它的方向

即使在闹市
也有一杯水的宁静
当孤独不再是孤独时
风景是路上的人生

2015/9/6

我是一列停靠的列车

秋天停顿了
我从云下飞到了云上
都说一枝梨花湿了好看
今天，你就带着一身春雨

云上的风暴来临时
飞鸟都躲得无踪无影
光芒照亮的天空
风声川流不息

2015/8/27

桃花潭

一

那一年
我趁春风潜入
李白和汪伦
将我引进桃林深处
那些闪着光芒的桃花
发出亲切的母语

我畅游于桃花潭上
久久不想离开
后来
我就一直把这个深潭
背在了肩上

二

再次抵达

让我寻找了很久

青弋江清澈得照见了人影

李白和汪伦

代表了人生的一种符号

它是我们丢失的钥匙

我登上望江亭

看远近的风景

我们的脚印

是否还留在桃花潭边

2015/10/28

再进恬庄

其实是条老街
在一个好听的地方——
凤凰
我的每一个脚印
都是小巷里的春风

恬庄的夏天是一个火炉
它烤得石板街冒烟
我每走一步
都在炼丹

2015/8/2

浑善达克

在这片沙地草原

竟然有一片湖泊

把天空照亮了

把草原照亮了

更把我照了个透彻

我觉得很卑微

我甚至比湖边自由自在的牛羊

更为卑微

我止于水边

看水中扭曲的倒影

我骑上马

好想一路狂奔

但这马似乎知道我胆怯

水草丰美的浑善达克

花开遍地
它们把黄沙都覆盖了

2015/7/20

在乌拉盖

乌拉盖的羊群回家了
几千头的欢叫
在草原上传得很远
我们三个人跳进草原
想亲近它们
它们却像潮水一般
退向暮色深处
它们用恐惧的眼睛盯着我们
它们势众却力单
面对这样的阵势
我忽然明白
羊群对人类的害怕
是与生俱来的

2015/7/19

干枝梅

只是车窗外的一晃
就不见了
后来
我在草原寻找了整个旅程
干枝梅
你是故意躲着我的
你不想见我这世间的
俗人
时间的晃动
依然让我迷离
唯有草原永远清醒
我落在时间深处

2015/7/18

太仆寺旗向北

我说来就来了
太仆寺旗的草原
在夜晚的篝火和星空里
换一个角度看青草的颜色
我会铭记这里的一场雨
决定从现在起
沿着太仆寺旗一路前行
想起一切母爱

2015/7/17

草原的眼睛

在草原
我带来了我的眼睛
草原让我的眼睛明亮起来
我眺望着远方轻轻地说
这一次
我非但把自己的眼睛带来了
也把母亲的眼睛带了来
母亲她失明已经好几年了

我追赶着那些牛羊和白云
我躺在清香四溢的草地上
我骑着马一路前行
甚至，我低着头分辨着
青草地上那些叫不上名的小花
面对辽阔的草原
我多想以我明亮的眼睛

更仔细地看这世界

也多想让那些草尖上跳动的阳光

成为我母亲的眼睛

2015/7/12

贡宝拉格草原之夜

最原始的方式
就是走进黑夜
走进这草原的黑夜深处
什么都不用说
看草尖上跳跃的星光

最原始的方式
就是在贡宝拉格
对外面的的世界一无所知

2015/7/10

门

把一切关在门外
我在寻找一个僻静的空间
夏天是很少说话的季节
寂静就是一杯水
它就放在我的案头

你的语速穿过流动的空气
而我却反复地缺氧
我不想让时间停留在
一只空瓶子上
我要打开门
让一切如释重负

2015/6/14

在天目湖

伸手可及的山色
鸟声落在床上
雨后的空气
卷去了身上的尘埃
把城市遗忘
鸟声替代了车声和一切的
嘈杂声
其实，我们不需要走得太远
只需换一个环境
就别有洞天了
天目湖，你只是一个概念
我仅仅靠在你的身边
就一觉睡醒

2015/5/30

太静了，会变得孤独

四周，只有黑夜中的山色
和天空中一样孤独的
月亮
有时，安静会成一潭死水
可以杀死一路英雄
城市的行囊
只装着繁华
它让安静带着孤独
到处游荡
其实
人是不能太安静的
安静会让人沉下去

2015/5/30 深夜

致青年节

打开春天的记忆
我依然觉得
青春飘扬的枝头
结满了歌声的果实

世界并不因为时光失色
我们的日子漫长却匆匆
但金色的阳光
一直照亮着我们的原野

我们享受过四季
享受过风霜雨露的滋润
苦夏与严冬
让我们历练
我们成为一片丰收的土地

春天，你以一席盛宴待我
我却学会静享孤独
静享灯下的时光
行走的脚步
看四季花开

2015/5/4

我一直在寻找春天

这是四月
我从月初
就去他乡寻找春天了
我觉得
家乡的春天让我有些疲惫
我需要换一个视角
去审视春色
我计算着我行走的路径
它的直径
应该有两万公里
甚至更长

在外面
我的头脑十分清醒
我把春天的那些五颜六色
归纳处理

有些

还可以送给别人

我决定

每当春风起时

就出门去走一走

我追寻春天

也制造春天

2015/4/19

珠江船

江水的金光
是岸的延伸
船把我们载在江面
让我们看见了它的脚步
我们的匆忙
一直在江边
一旦入江
入了夜色
我们就看见了自己
船行走在江上
我们坐在船上
时间在我们的身后
不知不觉地赶路

2015/4/18

阜城门

阜城门是虞山的一个关闸
也是常熟城西的一个关闸
它在明代以前就有了
它的存在
给这个城市带来了安宁
也把城市的百姓
关在了城内

阜城门曾经被人拆了
连同它的母体城墙
没有了城墙和城门的城市
是一身轻松的
老百姓也感到自在
城市就没有了约束
但没有城门的那些年
人们又觉得缺失了什么

后来，人们终于花钱把它建好
而且建造得更大更漂亮
但是，不再给城门安装上门
这威震一方的阜城门
就是一个皆大欢喜的风景

2015/3/9

兴福寺

香客都散尽了
兴福寺的门还开着
这个六朝古寺
一直在看着人间

一个人代表一个世界
当所有的人怀着各自的祈盼
面对佛
佛却从来不说一句话

2015/2/21

一个人的寺院

并不经意的
走着走着，就走进这寺院了
大年初三的晚风
有早春的芳香
那些善男信女们
把话说完已经回家
佛已安静了下来

一个人的寺院真好
此刻
我很想问佛一点什么
但一时无从问起
空心潭边
有一把椅子空着

我走近它坐下
哪怕只需一分钟的静坐
就会看到菩提花开

2015/2/21

中　年

中年以后
我就觉得
时间真不是个东西
我想把四季寄存
然后，沿着来时的路
作一次修正
可寄存的季节老是发芽
并飞快地往上蹿
中年是一个肩膀
一头挑着过去
一头挑着未来
我知道
它们的平衡
是站在一个山巅的俯视

2015/2/8

午　后

午后，阳光真好
冬天只留下一个影子
我把你放进我的行囊
享受一场梦的旅行
甜蜜的梦
荡起的柳丝划向河心

我翻阅着手边的一册唐诗
看高适岑参李白杜甫
那些人间百态山川风物
都款款而来
盛唐的气象
如立春后的晴天

2015/2/8

西湖雪

第一次遇见西湖的雪
是大朵大朵的
它是西湖对我们的馈赠
安详的冬天
并不拥挤的西湖
浅草还没有生长

雪，越下越大
淹没了游人的踪迹
也把一些美好的故事
藏在了地下

苏堤是一根绳
一头系在我的心上
一头通向湖心
大雪的纷扬

却不给我做一个预案

2015/2/1

冬天的苏堤

习惯了风景的人挤人
冬天的苏堤
让我寻找到了宁静
没有人挡住我的视线
远山是美的
湖水也更加辽阔
就连湖畔那些没有叶子的桃树、垂柳
都把空间留给了我

苏堤
十五年没有来看你
湖和远方让我浪迹
这些年
我们已经忘记了苏东坡
只记住了东坡肉

2015/2/1

我总是把纽扣扣错了

一开始的时候
我就把纽扣扣错了
我走在路上
时间却容不得我去纠正
都说穿衣是一门学问
为什么我一直穿得不好
好多次，等我发现扣错纽扣时
已经扣到了最后一颗

2015/1/30

喊着长江的名字

我在重庆的长江边坐着
望着暗红的江水从身边流向
远方
左边的嘉陵江
以浑浊发黄的身体扑进长江
交汇处
红黄分明，直到红色吞没了黄色
远方的下游
有我们美丽的三峡
还有白云的故乡
我的家
也在它入海口江边的
一个点上
我喊着长江的名字
我要从唐古拉山一路把它
喊过来

我喊着长江的名字

我要喊得它骨头生痛浑身颤抖

我喊长江的名字

我要喊回它的前世今生

我也喊着我家乡的那座古城

江南山水

美如画卷

我喊九寨沟、金沙江

那原始的纯净给我灵魂安祥

长江

我可以千万次地喊着你

但是却不敢去喊着那些生活在你的身边

曾经因为你而骄傲的城市村庄的名字

2015/1/29

在黄公望墓前

走进虞山的深处看你
你的画笔和磨墨的赭石
在闪着光芒
黄公望
你的道袍行处
画隔江山色
当年你随意送人的画
都是今天的大餐
你生活过的小山村
泛舟过的尚湖
却一直寂静着
六百六十多年以来
记着你的人不多

但这样也好
你可以继续不以物累

看云卷云舒

看世上湖山怎样日出

2014/8/29

七夕，在北京

落在月亮上的时间
多么美好
北京，你永远开满了鲜花

我是一个旅人
路上的风景都很美丽
但北京就是一个首都

其实，七夕的概念并不美好
王府井大街上的年轻人不懂
玫瑰花不在手上在枝头

2014/8/3

致海宝

你从母腹中出来
带着光芒
世界打开了你
你也打开了世界
你第一眼看见的这个世界
其实是最真的
夏天赤裸的无拘无束的你
也是最真的
父母亲人对你的爱
全都是最真的
海宝只是你的乳名
现在
我们开始要给你起一个名字
这个响亮的名字
将是你一生的眼睛

2014/7/22

夜航船

夜色朦胧

灯火稀疏

河水披着深沉的外衣

山的弧线伸向低矮的天角

我等待着夜航船

等待着那破浪的水声

但黑暗中的河流

始终没有动静

有时，宁静是一个魔鬼

它挥舞的狼牙棒闪着寒光

航标灯搅动着夜色

航道的轨迹忽明忽暗

2014/6/18

湖州印象

春雨把湖州搅得一片混沌
老街的影子像一把剪刀
那些美丽的鸿影零乱了
雨越下越大
湖州变得难以辨认
姜白石、赵孟頫以及他们的弟子们
曾经让湖州山清水秀
而我们的挥霍
却如同末日
有些美好的名字
本可以入诗——
甘棠桥、莲花庄、松雪斋、衣裳街……
但诗歌的装饰已经生硬
唯有湖州这一个名字
还在准备复苏

2014/5/27

夏天的空瓶子

夏大里的空瓶子呼呼作响
风景无动于衷
湖水的岸线
在一点点地吞食
没有人给夏天一些答案
没有人理会空瓶子的存在
太阳照例地照着
影子逃得无影无踪

东倒西歪的夏天
已经认不出那些飞舞的虫子了
空瓶子的飞舞
很少有人看见

2014/5/25

在虞山公园

踏着蝉的呼声
行走在红叶之上
飘散的江南味道
许多年没有闻到了
我看到了儿时的身影
看到了湖中船上的老人与小孩
在对话
他们的笑容是湖上盛开的莲花

到了知天命的年纪
心就像虞山公园般宁静
就会细数身边的许多细节
即使那些不相识的人
都会是我的风景

2013/10/3

对一个城市的深度记忆

从来没有如此真切地
感受这个城市的名字
遥远的，近了
闪着丝绸的光亮
我想起了夏天的风
以及夏天以前
日月和星光
这个城市的语言
是孩童的欢颜
裁一段草原的绿
收藏了
新疆
你让我入梦吧
梦是从来没有边缘的
你是天山上的雪
可以冰封一切美丽

2013/9/26

总统府向右

总统府向右
就转过了一个时代
那个叫1912的酒吧街区
已把总统府包围
迪吧和静吧、演艺吧
主题都只有一个
它在告诉总统府和南京城
土地的震动
岂止停留在1912
我喜欢南京
是喜欢它的厚重
它的每一次不可预估的流变
都带着必然
就像这1912年代
它就是一个朝代结束后的
释放

2013/9/21

在飞机上

从飞机上俯视
大地明了
城市、乡村、山川、平原
十分辽阔壮美
但看不见我们赖以生存的食物
其实，我们对食物的概念
是无知的
它们的外形都能打开我们的食欲
等到看清它的本质
我们已是多病的人了
食物也是受害者
但审判不了害它的人

2013/8/8

午后的黄河

午后的黄河平静地流着
它席卷了一些杂物
空瓶子拍打着它的河床
想寻找岸的感觉
停泊的船供人们喝着茶看着风景

我们在河边的躺椅里打盹
小风吹得昏昏欲睡
岸边的那个黄河母亲雕像
以伟大的母爱
闪着光芒
我们停留，或者行走
或者寻找新的方向

但现在
我们只想在黄河母亲的身边
安静地睡一会

2013/8

今天的太阳

今天的太阳热得烫人
三十七度的气温
让人喘不过气来
雨水很早就下过
生长的树木早已过了人头

不知不觉的下午
凉风说来就来
我仿佛穿行在山林间
静享溪水的甘冽

走在浓荫下
我的足音如一曲弦乐
飘散在时间的静默中
时间并没有错失

我打开时间的门
就是把时间拥入了怀中
我还要向时间索取
更多的钥匙

2013/7/2

在昆明

夜雨骤至
那屋檐敲打的声音
让梦远遁

昆明、翠湖、云南大学
它们代表着许多符号
我的钥匙放在秘柜

今夜
我以平静的心听雨
雨的跳跃是夜的花蕾

2013夏

枕着古镇的橹声

夜的美丽是千万只眼睛
水声桨声落了一地
古镇
石板街的光芒穿堂而过
春天四处游荡
已经是子夜了
我像一条春蚕
还在吞噬着江南的青叶
江南草长莺飞
我是夜的歌者
枕着橹声是件幸福的事
即使失眠也无关风月

2013/4/17

江南雨

有点雨
就是江南春天的这种
它的抵达早有预警
可以说很多话
在河边、在湖畔
在柳荫深处
在落了一地的杏花边
最终
它们在春夜的屋檐下
溜走了
春天属于我们的
只是一个背影

2013/4/5

田野上

一望无际的油菜花
金光四射
我是一只蜜蜂啊

油菜花是可以惊慌失措的
我向着金光的旋涡飞翔
忽略了所有的风景

2013/3/28

小诗三首

不经意

春夜里
柳树不经意爆了芽
梅花却落了花瓣
春风的发现也是不经意的
大地的等待
也在不经意间

河边的樱花

疯了，你的列阵一路杀来
我们情愿被你杀死
从来英雄累美人
你，累了我们的时光

夜的花蕾

夜色闪烁
它的花蕾盛开着
所有的脚步是多余的
夜的追赶是空中飞人

这是怎样的一个夜晚啊
春风沉醉的归人
是可以醉了一地星辉的

2013/3/23

琴　岛

相隔了十二年
再一次听你的鸣奏
海与岸的五线谱
木棉花与三角梅的音符
少女明亮的眼睛

我的脚步踩在清晨的弦上
在天空和大海的倒影里
城市的话语权很有力
浪花的拍打母亲般安详
鸟声就是初啼的婴儿

我为什么相隔十二年才来
我的忽略像电的短路
我不该浪费十二年的养料

渔船的搁浅有时不能宽恕

琴岛，我要追着你赶路

2013/3/14

在辋川

辋川的细流从山中来
它的流向未变
它把村野山色交给我辨认
唐时的诗声从密林深处溢出

王维手植的大树还在
千年以来枝繁叶茂
辋川，辋川
谁会珍藏你的容颜
二十景难寻，沧海桑田
回望大唐
笛声幽远

2013/3/1

夜西湖

我们是一只蜜蜂
寻着你的光明
每一次抵达
总是在夜晚
西子湖
白天你承载得太多

夜色中
沉静的你更适合我们
你并不认识所有的人
你的忽略或者遗忘
皆因你的清醒
其实，千百年来
你记住的人
也只有几个

2013/2/23

一封没有寄达的情书

二十岁的时候
我曾寄出了第一封情书
那是寄给一个美丽的纺织姑娘的
但最终由于我的胆怯
三天后，我在工厂的门卫
把它收回了

如今，这封没有寄达的情书
依然躺在抽屉里
我把初恋的心跳
也锁进了抽屉
我打算六十岁生日那天
把这封信打开
我相信
这如同打开了一瓶陈年的美酒

2013/2/17

登　山

大年初一的时候
我独自去登山
这座叫虞山的山
是长江下游的最高峰
但它只有二百六十三米
山与山
其实是不能作比的
就像人的脸
我从言子墓到明城墙
上山的人与下山的人
都擦肩而过
我也和他们擦肩而过
登高
是角色的一次转换
不在乎登多高走多远
所有山头的距离

只要站在一个山顶
就能望见

2013/2/10

池 鱼

待得久了
竟水面都不浮
鱼食每天下
但大多随水流走
记得刚养池内
它们欢快地畅游
享受绿荫、阳光
把一池清水
搅得风生水起

习惯是一个魔鬼
它会把一切变得懒惰
我站在池边
听风听雨听阳光的脆响
就是听不到鱼的喋喋声

2013/1/21

云　南

激情过后
云南就在身后了
我第十次来
却只有一次深的印象

那些生命的激扬呢
那些山那些水那些花
云南，你的表情是夜的星空
我不知道你是否想我

2013/1/5

红嘴鸥

红嘴鸥的飞翔
不再属于滇池、翠湖
它们成群地降落在城市中的河道
停留，或者起舞、鸣叫
它们毫不畏惧昆明
更不害怕我们

我们把面包粒抛向天空
红嘴鸥漫天飞来
叼住，悬停，飞去
鸣声如歌
引得我们欢声笑语
红嘴鸥与我们相亲相爱

2012/12/30

大　雪

今年的第一场大雪
出门时下了
我们把雪留在了身后

坐着飞机向着温暖的方向飞
云上是没有雪的
云上的寒冷也不被我们所见
雪是睡着的水
而我们是醒着的神
飞机飞在万米高空
窗外一片宁静
云朵如盖,十分美好

2012/12/30

天平山

那一年
我们终于没能爬上山顶
自然也没有看到最美的风景

那些可怕的巨石
像怪兽
高大的树林
刺不穿高远的天空
枫叶殷红如血
但它不能代表生命的颜色

从此
这座山虽然近在咫尺
犹如万里之遥

2012/11/30

巴马印象

一

几十年不见的清澈
肆意席卷着
我的童年和少年
久居江南
早已把记忆定格成青山的
倒影
为了寻找梦境
我们乐于奔波
甚至怀念冷兵器的时代
广西巴马
一条河流的光芒
刺痛了我的眼睛

二

坐着船滑进洞穴
如进入时光隧道
我们听见了自己的心跳
高山之腹的峻美
让我们变成了大地的婴儿
导游说：燕子还没有回家
其实，当燕子回来
我们又踏进红尘
我们只是在母亲的子宫
晒了一下灵魂

三

长寿村是巴马的胸佩
现在我们追求长寿
除了食物还有药物
甚至离不开补品
在巴马，无数长寿的老人
除了食物还是食物
还有纯净的空气和水
联合国把世界长寿之乡的美名

给了巴马

其实，巴马什么也没做

它只是让青山绿水

成为一生的回忆

2012/10/31

五月之雨

这五月之雨
老是给我麻烦，甚至烦恼
远行的车轮带走了泥香
千里之外的渊薮
或许早已成了谶语
你天生是一个精灵
你的每一次舞动总是让人无奈
有些无法表达的事情
一直影响着我的情绪
而这一次却是一个未知

千里之外
夜色温柔
我可以容忍一只蚊子的飞翔
连绵的雨下了很久了
竟没有一点停息的迹象

这是季节的失误
阳光躲在别处
雨阻隔了美丽的风景
同样
阻隔了我们无法拉近的距离

2012/6/10

行春桥

春天的阳光平缓地梳理着
湖水铺向远方
站在石湖的行春桥上
让桃花、垂柳和油菜花的春天拥抱
这座被范成大他们唯美了的石桥
也是我最美的诗行

桃树下的情侣把笑容留在春天
湖畔垂钓的父子把亲情留在春天
我把脚印留在了桥上
桥让我走进了春天

2011/4/5

春夜遇雨

一

冻醒的土地
只有草最先知道
草的伸缩和弹性
在雨声中酣畅淋漓
灵魂依附在大地的呼吸中
夜幕降临后
春天变得朦胧和遥远
那些垂柳和春花的燃放
还深藏着
说变就变的天气
还不能说明春天的脚步
是近了还是远了

二

灯火盛开在春夜温暖的一隅
你是春的使者
你把去年的芦苇留在江边
听凭雨的敲打
喇叭形的江湾里
归航的渔船
正一艘艘地驶入
浪花拍醒了的
岂止是一条古老的长江
江水早已涌入了江边的小城
细雨打湿的夜色
都是长江滔滔絮语……

2011/3/1